Arthur Conan Doyle

La Crinière du lion

Texte et illustration de couverture : © domaine public
Edition : Culturea (Hérault, 34)
Contact : infos@culturea.fr
Retrouvez notre catalogue sur http://culturea.fr
Imprimé en Allemagne par Books on Demand
Design typographique : Derek Murphy
Layout : Reedsy (https://reedsy.com/)

Dépôt légal : janvier 2023
Tous droits réservés pour tous pays

ISBN : 9791041927500

Table des matières

La crinière du lion

Il est vraiment étonnant qu'un problème complexe et extraordinaire comme j'en ai rarement vu au cours de ma longue carrière active se soit présenté à moi après ma retraite, et presque à ma porte. Je venais de me retirer dans le Sussex et je m'étais entièrement adonné à cette vie apaisante de la nature à laquelle j'avais si fréquemment aspiré pendant les nombreuses années que j'avais passées dans les ténèbres londoniennes. À cette époque, le bon Watson avait quasiment disparu de mon existence. De temps à autre, il faisait un court séjour pour le week-end, dans ma petite maison, et c'était tout. Voilà pourquoi je tiens moi-même ma chronique. Ah ! s'il s'était trouvé avec moi, que n'aurait-il pas fait d'un événement aussi peu banal et de mon triomphe final ! Hélas, il faut que je raconte mon histoire à mon humble manière ; mes phrases malhabiles correspondent à mes étapes sur la route difficile qui s'allongea devant moi quand j'entrepris d'élucider le mystère de la crinière du lion.

Ma villa est située sur le versant méridional des Downs et j'ai un joli point de vue sur la Manche. À cet endroit, la côte est constituée uniquement par des falaises crayeuses que l'on ne peut descendre que par un seul sentier long et tortueux, escarpé, glissant. Au bas de ce sentier s'étend une bande de galets et de cailloux large de cent mètres, même quand la marée est haute. Ici ou là se dessinent des courbes et des creux qui constituent de magnifiques piscines naturelles dont l'eau se renouvelle régulièrement à chaque flux. Cette plage admirable se prolonge sur plusieurs kilomètres aussi bien à droite qu'à gauche, sauf sur un point où la petite anse et le village de Fulworth en interrompent la monotonie.

Ma maison est isolée. Moi, ma vieille femme de charge et mes abeilles, nous sommes seuls à vivre dans mon domaine. À huit cents mètres, toutefois, se dresse le collège bien connu de Harold Stackhurst, Les Pignons ; c'est une grande propriété où sont réunis une vingtaine de jeunes garçons qui se préparent à diverses professions sous le chaperonnage de plusieurs maîtres.

Stackhurst lui-même était en son temps un rameur réputé de Cambridge, et il avait une culture universelle. Nous nous liâmes d'amitié depuis le jour où je m'établis sur la côte ; il était le seul homme du pays qui venait passer la soirée chez moi, ou chez qui je me rendais, sans invitation formelle.

Vers la fin de juillet 1907, il y eut une grosse tempête ; le vent balaya la Manche ; la mer vint fouetter la base des falaises et des lagunes subsistèrent après le reflux. Le matin auquel je pense, le vent était tombé ; toute la nature était lavée de neuf et toute fraîche. Il était impossible de travailler tant la journée s'annonçait délicieuse ; je sortis avant le petit déjeuner pour faire un tour et respirer le bon air. Je pris le sentier qui conduisait à la descente vers la plage. Tout en marchant, j'entendis un cri derrière moi : c'était Harold Stackhurst qui agitait ses bras comme un sémaphore pour me souhaiter joyeusement bonjour.

– Quelle matinée, monsieur Holmes ! Je pensais bien que je vous rencontrerais dehors.

– Vous allez nager, je vois ?...

– Ah ! vous n'avez pas perdu vos bonnes habitudes ! me dit-il en palpant sa poche gonflée. Oui. McPherson est sorti de bonne heure ; je pense que je le retrouverai par ici.

Fitzroy McPherson était le professeur de sciences : un beau gaillard bien campé, mais dont le cœur était affaibli par un rhumatisme articulaire aigu. Athlète naturel malgré tout, il excellait dans tous les sports qui ne l'obligeaient pas à des efforts excessifs. Hiver comme été, il allait nager et, nageur moi-même, je l'avais souvent rejoint dans l'eau.

À cet instant, nous vîmes McPherson en personne. Sa tête apparut au-dessus de la crête de la falaise où aboutissait le sentier. Il se dressa de toute sa hauteur, mais en vacillant comme un homme ivre. Presque aussitôt il leva les mains et, poussant un cri terrible, il tomba la face contre terre. Stackhurst et moi, qui étions à cinquante mètres de là, nous nous précipitâmes ; nous le retournâmes et le mîmes sur le dos. Visiblement il agonisait. Ces yeux qui sombraient, ces joues livides n'annonçaient que la mort. Une lueur de vie éclaira néanmoins son visage, et il prononça deux ou trois phrases sur un ton de recommandation. Il voulait nous avertir, nous mettre en garde... Mais il avait parlé d'une voix indistincte et brouillée déjà par la mort. Les derniers mots que j'entendis et que je compris jaillirent de ses lèvres comme un cri :

– La crinière du lion.

La crinière du lion ? Rien de plus hors de propos, d'inintelligible. Et pourtant, j'étais sûr de ce que j'avais entendu. Il se souleva à demi, battit l'air de ses bras, retomba sur le flanc. Il était mort.

Mon compagnon était paralysé par l'horreur. Mais moi, comme le lecteur peut s'en douter, j'avais tous les sens alertés. Et j'en eus besoin, car il s'avéra bientôt que nous nous trouvions en face d'un cas extraordinaire. McPherson n'était vêtu que de son burberry, de son pantalon et d'une paire d'espadrilles non lacées. Quand il s'écroula, le burberry qu'il avait simplement jeté en travers de ses épaules glissa et découvrit son buste. Nous demeurâmes pétrifiés. Il avait le dos couvert de lignes rouge foncé, comme s'il avait été flagellé à coups redoublés par un fouet de fil de cuivre fin. L'instrument qui lui avait infligé cette punition était certainement flexible, car les longues cicatrices dessinaient des lignes courbes autour de ses épaules et de ses côtes. Du sang s'égouttait de son menton : il s'était mordu la lèvre inférieure dans un spasme de souffrance. Ce qu'avait été cette souffrance, ses traits déformés le révélaient.

Je me trouvais à genoux auprès du corps tandis que Stackhurst était demeuré debout, quand une ombre se projeta sur le sol : Ian Murdoch était arrivé à côté de nous. Murdoch était le professeur de mathématiques ; grand, brun, maigre, il était si taciturne et distant qu'il n'avait pas d'amis. Il semblait vivre dans un royaume élevé, abstrait, de racines irrationnelles et de sections coniques qui le rattachait peu à la vie ordinaire. Les étudiants le considéraient comme un original et l'auraient sans doute chahuté s'ils n'avaient pas flairé un peu de sang barbare dans les veines de leur professeur : héritage qui se devinait non seulement à ses yeux noirs comme du charbon et à son visage basané, mais aussi à des explosions intermittentes de mauvaise humeur qu'ils étaient unanimes à dépeindre comme féroces. Une fois, harcelé par un petit chien qui appartenait à McPherson, il s'était emparé de l'animal et l'avait fait passer par la fenêtre. Stackhurst l'aurait renvoyé pour cet exploit s'il n'avait pas été un excellent professeur. Tel était le personnage étrange, complexe, qui survint. Il parut sincèrement bouleversé par le spectacle qu'il découvrit, bien que l'histoire du chien eût prouvé qu'il n'existait guère d'affinités entre lui et l'homme qui venait de mourir.

– Pauvre diable ! Pauvre diable ! Que puis-je faire ? Comment puis-je vous aider ?

– Étiez-vous avec lui ? Pouvez-vous nous dire ce qui est arrivé ?

– Non, j'étais en retard ce matin. Je ne suis pas allé me baigner. J'arrive tout droit des Pignons. Que puis-je faire ?

– Courez au commissariat de police de Fulworth. Expliquez le cas.

Sans un mot, il s'éloigna au pas de course. Je pris naturellement l'affaire en main, tandis que Stackhurst, assommé par cette tragédie, demeurait à côté du corps. Mon premier devoir consistait à rechercher qui se trouvait sur la plage. Je me postai en haut du sentier ; de là, je la dominais tout entière ; elle était déserte ; seules deux ou trois silhouettes sombres s'agitaient au loin dans la direction du village de Fulworth. Ayant précisé ce point, je descendis lentement le sentier. Il était fait d'argile ou de marne lisse mélangée à la craie : je vis par endroits la même empreinte de pieds qui descendaient et remontaient. Personne d'autre n'était allé à la plage par ce sentier. À un endroit, j'observai la marque d'une main ouverte avec les doigts tendus dans le sens de la montée : ce qui signifiait seulement que le pauvre McPherson était tombé en remontant. Je vis aussi des creux arrondis : plus d'une fois, il avait dû s'effondrer sur les genoux. Au bas du sentier s'étendait une grande lagune abandonnée par le reflux de la mer. McPherson s'était dévêtu à côté, car une serviette était encore posée sur un rocher. Elle était pliée et sèche, ce qui semblait indiquer qu'il n'était même pas entré dans l'eau. En marchant sur les galets, j'aperçus quelques petites plaques de sable où je reconnus l'empreinte de ses espadrilles et aussi de son pied nu. Ce dernier fait prouvait qu'il s'était disposé à se baigner ; mais la serviette sèche indiquait qu'il ne l'avait pas fait.

Ainsi se posait le problème : un problème aussi étrange que les plus étranges que j'avais eu autrefois à résoudre. McPherson n'était pas demeuré plus d'un quart d'heure sur la plage. Stackhurst l'avait suivi de près après sa sortie des Pignons : donc il ne pouvait y avoir de doutes là-dessus. Il allait se baigner et il s'était mis en tenue, comme ses pieds nus le confirmaient. Puis il avait brusquement remis ses vêtements, sans même les boutonner. Et il était reparti sans se baigner ou du moins sans se sécher. La cause de ce revirement ? Il avait été fustigé d'inhumaine façon, torturé à s'en mordre la lèvre jusqu'au sang pendant son agonie, et abandonné avec juste assez de force pour remonter le sentier et mourir. Qui avait commis une agression aussi barbare ? Il y avait bien des petites grottes et des cavernes à la base des falaises, mais le soleil bas les éclairait directement, et elles ne pouvaient servir de cachettes. D'autre part, j'avais distingué des silhouettes lointaines sur la plage, mais si lointaines qu'elles ne pouvaient être associées crime. Et puis cette large lagune où McPherson avait l'intention de se baigner s'étendait entre elles et lui au ras des rochers. Sur la mer, quelques barques de pêche étaient assez proches : leurs occupants pourraient être interrogés plus tard. Plusieurs voies s'offraient donc à l'enquête ; aucune ne menait vers un objectif bien évident.

Quand je retournai enfin auprès du corps, un petit groupe était rassemblé autour de lui. Il y avait bien entendu Stackhurst, et Ian Murdoch qui venait d'arriver avec Anderson, le policier du village (un gros gaillard à la moustache couleur de gingembre, digne fils de la race lente et solide du Sussex qui dissimule beaucoup de bon sens sous un extérieur pesant et silencieux). Il nous écouta, prit note de tout ce que nous lui racontâmes, et finalement me tira à part.

— Je serais heureux de connaître votre avis, Monsieur Holmes. C'est pour moi une grosse affaire, et si je me trompe ça fera du vilain !

— Je lui donnai le conseil d'envoyer chercher son supérieur hiérarchique immédiat, ainsi qu'un médecin. Et aussi de ne pas autoriser qu'il soit touché à quoi que ce soit. Et encore de réduire au minimum les nouvelles empreintes de pas. Après quoi je me mis en demeure de fouiller les poches du mort. Je trouvai un mouchoir, un grand couteau et un petit portefeuille. De celui-ci dépassait un bout de papier que je dépliai et tendis au policier. Une main féminine avait griffonné :

« J'y serai, vous pouvez en être sûr ! Maudie. »

Cela ressemblait à une affaire d'amour, à un rendez-vous ; mais où et quand ? Le policier le replaça dans le portefeuille qui retourna dans les poches du burberry. Puis, comme rien de plus ne semblait s'imposer, je rentrai chez moi pour le petit déjeuner après avoir fait prendre toutes dispositions utiles pour que le bas des falaises soit soigneusement fouillé.

Stackhurst vint me voir un peu plus tard pour m'informer que le corps avait été transporté aux Pignons, où se déroulait l'enquête. Il m'apporta quelques nouvelles précises et sérieuses.

Comme je m'y attendais, on n'avait rien trouvé dans les petites grottes et cavernes au bas de la falaise ; mais il avait examiné les papiers qui se trouvaient dans le bureau de McPherson ; or certains lui avaient révélé qu'une correspondance intime existait entre le jeune professeur de sciences et une certaine Mlle Maud Bellamy de Fulworth. Ainsi se trouvait établie l'identité de l'auteur du billet.

– La police a pris les lettres, me dit-il. Je n'ai pas pu vous les amener. Mais il est hors de doute qu'il s'agissait d'une sérieuse affaire d'amour. Je ne vois néanmoins aucune raison de la relier à cet horrible événement, à moins que la demoiselle lui ait effectivement fixé rendez-vous.

– Difficilement à une piscine que vous aviez tous l'habitude d'utiliser ! objectai-je.

– C'est un pur hasard, dit-il, que plusieurs étudiants ne se soient pas trouvés avec McPherson.

– Est-ce bien pur hasard ?

Stackhurst fronça les sourcils en réfléchissant.

– Ian Murdoch les a retenus, m'expliqua-t-il. Il voulait procéder à je ne sais plus quelle démonstration géométrique avant le petit déjeuner. Pauvre type ! Il est terriblement affligé.

– Et pourtant, je crois qu'ils n'étaient pas bons amis ?

– À une certaine époque, non. Mais depuis un an au moins Murdoch s'était retrouvé avec McPherson sur plan aussi proche qu'il pouvait l'être avec un autre être humain, étant donné son caractère. Il n'est pas porté naturellement à se lier.

– Je comprends. Il me semble que vous m'aviez parlé il y a quelque temps d'une dispute entre eux à propos d'un chien maltraité.

– Elle s'était fort bien réglée.

– Non sans laisser peut-être certaines velléités de vengeance ?

– Non, je vous assure ! Ils étaient redevenus bons amis.

– Alors, il nous faut nous tourner du côté de la jeune fille. La connaissez-vous ?

– Tout le monde la connaît ! C'est la reine de beauté du pays. Une vraie beauté, Holmes, qui ne passerait inaperçue nulle part ! Je savais que McPherson était attiré vers elle, mais j'ignorais que les choses avaient été poussées au point que ces lettres semblent indiquer.

– Mais qui est-elle ?

– La fille de Tom Bellamy, le propriétaire de tous les bateaux et cabines de bain de Fulworth. Il a commencé comme simple pêcheur, mais maintenant il a du bien au soleil. Lui et son fils William dirigent l'affaire.

– Si nous allions faire un tour à Fulworth pour les voir ?

– Sous quel prétexte ?

– Oh ! nous en trouverons un aisément ! Après tout, ce pauvre McPherson ne s'est pas maltraité tout seul aussi cruellement. Il y avait une main d'homme au bout de ce fouet, en admettant que ce soit un fouet qui l'ait blessé à mort. Dans cet endroit isolé, il ne devait pas avoir beaucoup de relations. En en faisant le tour, nous finirons bien par découvrir le mobile, qui à son tour nous mènera au criminel.

Si nous n'avions pas eu l'esprit tourmenté par la tragédie du matin, notre promenade à travers les Downs parfumées de thym aurait été fort agréable ! Le village de Fulworth est situé dans le creux d'un demi-cercle qui forme baie. Derrière le vieux hameau, plusieurs maisons modernes avaient été construites sur le terrain en pente. Stackhurst me conduisit vers l'une d'elles.

– Voilà Le Havre, comme Bellamy l'a baptisé. Celle qui a une tourelle sur l'angle et un toit d'ardoises. Elle n'est pas mal pour un homme parti de rien... Oh ! oh ! Regardez, Holmes !

La porte du jardin venait de s'ouvrir ; quelqu'un la franchissait pour sortir. Impossible de se tromper sur la silhouette haute, anguleuse, dégingandée. C'était Ian Murdoch le mathématicien. Il nous croisa sur la route.

– Ohé ! fit Stackhurst.

Murdoch répondit par un signe de tête, un curieux regard de biais, et il nous aurait dépassés si son directeur ne l'avait arrêté.

– Que faisiez-vous là ? lui demanda-t-il.

Le visage de Murdoch s'enflamma de colère.

– Je suis votre subordonné, monsieur, mais uniquement sous votre toit. Je ne crois pas que j'aie à vous rendre compte de ma vie privée.

Après tout ce qu'il avait enduré, Stackhurst avait les nerfs à fleur de peau. À un autre moment, peut-être, il aurait mieux réagi. Mais il perdit complètement son sang-froid.

– En de telles circonstances, votre réponse est impertinente, monsieur Murdoch !

– Votre propre question relève du même terme.

– Ce n'est pas la première fois que je me heurte à votre insubordination. Ce sera la dernière. Vous voudrez bien prendre vos dispositions, aussi rapidement que possible, pour enseigner les mathématiques ailleurs que chez moi.

– J'en avais l'intention. J'ai perdu aujourd'hui le seul être qui rendait Les Pignons vivables.

Il s'éloigna. Stackhurst, furieux, demeura à le regarder.

– Il est décidément impossible, insupportable ! cria-t-il.

La seule chose qui me vint naturellement à l'esprit fut que Ian Murdoch venait de sauter sur la première chance de prendre le large. Un soupçon vague, nébuleux, commença à prendre forme dans ma tête. Peut-être notre visite aux Bellamy projetterait-elle une lueur nouvelle sur l'affaire ? Stackhurst se ressaisit et nous nous dirigeâmes vers la maison.

M. Bellamy était dans la force de l'âge. Il avait une magnifique barbe rousse. Mais son humeur ne parut pas excellente, et son visage devint bientôt aussi rouge que son poil.

– Non, Monsieur, je ne désire pas de détails. Mon fils...

Il nous désigna un jeune homme robuste qui était assis, maussade et renfrogné, dans un coin du petit salon.

– ... Mon fils pense comme moi : les intentions de ce M. McPherson envers Maud étaient inconvenantes. Oui, Monsieur, le mot « mariage » n'a jamais été prononcé. Et cependant, il y a eu des lettres, des rencontres, et beaucoup d'autres choses que ni mon fils ni moi n'approuvions. Elle n'a plus sa mère. Nous sommes ses seuls gardiens. Nous sommes résolus...

Mais la parole lui fut coupée par l'apparition de la jeune fille en personne. Je n'exagère rien en affirmant qu'elle eut ravi n'importe quel jury. Qui aurait pu supposer qu'une fleur pareille avait poussé à partir d'une telle souche et dans une atmosphère aussi lourde ? J'ai rarement éprouvé de l'attrait pour des femmes, car mon cerveau a toujours gouverné mon cœur, mais il m'a suffi de regarder ce visage parfaitement dessiné, cette fraîcheur douce dans la coloration du teint, pour comprendre qu'elle devait émouvoir tout homme qui la rencontrerait. Elle poussa donc la porte et se tint devant Harold Stackhurst, tendue, les yeux grands ouverts.

– Je sais déjà que Fitzroy est mort, dit-elle. Ne craignez pas de me dire les détails.

– Il y a un autre gentleman de chez vous qui nous a appris la nouvelle, expliqua le père.

– Je ne vois pas en quoi ça concerne ma sœur, grommela le fils.

Maud lui décocha un regard vif, féroce.

– C'est mon affaire, William ! Je te prie de me laisser la régler comme je l'entends. D'après ce que je sais, il a été assassiné. Si je puis aider à désigner le criminel, c'est la moindre des choses que je puisse faire pour celui qui n'est plus.

Elle écouta le bref récit de mon compagnon avec une concentration calme qui me montra qu'elle possédait autant de caractère que de charmes. Maud Bellamy demeurera toujours dans ma mémoire comme l'image d'une jeune fille accomplie et remarquable. Sans doute me connaissait-elle déjà de vue, car elle se tourna ensuite vers moi.

– Aidez à leur châtiment, Monsieur Holmes ! Je vous assure de toute ma sympathie et de tout mon concours, quels que soient les criminels !

J'eus l'impression que tout en parlant elle défiait du regard son père et son frère.

– Merci ! lui répondis-je. J'apprécie beaucoup l'instinct féminin dans de telles affaires. Vous avez dit : « les ». Vous croyez donc qu'il y avait plus d'un criminel ?

– Je connaissais assez M. McPherson pour savoir qu'il était brave et fort. Un homme seul n'aurait pas pu lui infliger de pareilles blessures.

– Pourrais-je vous dire un mot en particulier ?

– Je te le répète, Maud : ne te mêle pas de cette affaire ! cria le père.

Elle me lança un regard désespéré :

– Que puis-je faire ?

– Tout le monde connaîtra bientôt les faits, répondis-je. Aussi, le mal ne sera pas grand si je les expose ici. J'aurais préféré un entretien privé, mais puisque votre père ne le permet pas, il participera à notre conversation !...

Je parlai alors du billet qui avait été trouvé dans la poche de McPherson.

– ... Il en sera certainement fait état à l'enquête. Puis-je vous demander de me donner quelques explications ?

– je ne vois aucune raison d'en faire mystère, répondit-elle. Nous étions fiancés, nous devions nous marier ; nous gardions secret notre projet parce que l'oncle de Fitzroy, qui est très âgé et à l'article de la mort paraît-il, aurait pu le déshériter s'il s'était marié contre son gré. Il n'y avait pas d'autre raison.

– Tu aurais pu nous le dire ! grogna M. Bellamy.

– Je vous l'aurais dit, père, si vous lui aviez témoigné la moindre sympathie.

– Je ne veux pas que ma fille sorte avec des garçons hors de son village.

– Votre préjugé contre lui nous a empêchés de vous avertir. Quant à ce rendez-vous...

Elle fouilla dans sa robe et en retira un papier chiffonné.

– ... C'était une réponse à ceci...

Elle le lut :

« Chérie, comme d'habitude au même endroit sur la plage, mardi, après le coucher du soleil. C'est la seule heure où je pourrai m'échapper. F. M. »

Elle ajouta :

– ...Mardi, c'était aujourd'hui. J'avais l'intention de le rencontrer ce soir.

Je retournai le billet.

– Ce petit mot n'est pas arrivé par la poste. Comment l'avez-vous reçu ?

– Je préférerais ne pas répondre à cette question. Elle est réellement sans le moindre rapport avec l'affaire sur laquelle vous enquêtez. Mais sur tout ce qui se rapporte à elle, je vous répondrai très librement.

Elle tint parole ; mais son interrogatoire ne nous apprit rien de nouveau. Elle n'avait aucune raison de croire que son fiancé avait un ennemi caché, mais elle convint qu'elle avait eu plusieurs admirateurs très ardents.

– Puis-je vous demander si M. Ian Murdoch figurait dans le nombre ?

Elle rougit et parut embarrassée.

– À une certaine époque, je crois qu'il l'a été. Mais tout a changé quand il a compris quelles relations nous unissaient, Fitzroy et moi.

À nouveau l'ombre de cet homme étrange sembla poindre avec une précision accrue. Il faudrait fouiller son passé. Sa chambre devrait être soigneusement inventoriée. Stackhurst m'aiderait de toute sa bonne volonté, car ses soupçons s'étaient éveillés. Nous revînmes du Havre avec l'espoir que nous avions saisi un bout de l'écheveau.

Une semaine s'écoula. L'enquête n'avait rien éclairci et elle se poursuivait. Stackhurst s'était discrètement renseigné sur son subordonné, et une fouille superficielle de sa chambre n'avait donné aucun résultat. Personnellement, j'avais tout repris à zéro et j'avais travaillé autant avec mes jambes qu'avec ma tête : en vain. Jamais le lecteur ne trouvera dans toutes mes chroniques un cas où je me sois trouvé absurdement à la limite de mon pouvoir.

Le mystère dépassait même mes facultés imaginatives. Et puis survint un incident : l'incident du chien.

Ma vieille femme de charge en entendit parler la première, grâce à ce mystérieux sans-fil qui permet aux gens de la campagne d'avoir des nouvelles des uns et des autres.

– Une bien triste histoire, monsieur, l'histoire du chien de M. McPherson ! me dit-elle un soir.

Je n'encourage jamais sa conversation, mais pour une fois j'insistai pour avoir la suite.

– Qu'y a-t-il à propos du chien de M. McPherson ?

– Il est mort, Monsieur. Mort de chagrin pour son maître.

– Qui vous a raconté cela ?

– Mais, Monsieur, tout le monde en parle. Il se désolait que ça en devenait terrible. Il ne voulait plus rien manger depuis une semaine. Et puis aujourd'hui, deux jeunes messieurs des Pignons l'ont trouvé mort. Mort sur la plage, monsieur : exactement à l'endroit où son maître a été tué.

« Exactement à l'endroit... » Ces quatre mots retentirent dans ma tête comme un son neuf. Brusquement, j'eus l'impression confuse que ce détail était capital. Que le chien mourût, voilà qui était bien dans la nature magnifiquement fidèle des chiens. Mais « exactement à l'endroit !... » Pourquoi cette plage isolée lui avait-elle été fatale ? Était-il possible que lui aussi ait été sacrifié à une inimitié vindicative ? Était-il possible ?... Je n'avais qu'une impression confuse, mais déjà mon cerveau commençait à édifier une construction. Quelques minutes plus tard, j'arrivai aux Pignons, où je trouvai Stackhurst dans son bureau. À ma requête, il convoqua Sudbury et Blount, les deux étudiants qui avaient découvert le chien.

– Oui, il était couché juste au bord de la lagune, me confirma l'un d'eux. Il a dû suivre la piste de son défunt maître.

Je vis le cadavre du petit animal fidèle, un terrier airedale, étendu sur le paillasson dans l'entrée. Le corps avait la rigidité de la mort ; les yeux saillaient ; les membres étaient tordus ; la souffrance se lisait sur cette pauvre bête comme si elle avait hurlé.

Des Pignons, je me dirigeai ensuite vers la piscine. Le soleil était couché ; l'ombre de la grande falaise s'allongeait toute noire sur l'eau qui scintillait sans plus d'éclat qu'une feuille de plomb. L'endroit était désert ; en dehors de deux oiseaux de mer qui dessinaient des cercles en poussant leurs cris, il n'y avait aucun signe de vie. Dans la lumière qui s'affaiblissait, je pus à peine distinguer les petites foulées du chien sur le sable autour du rocher où son maître avait posé sa serviette. Pendant un long moment, je demeurai plongé dans une profonde méditation. Autour de moi, les ombres s'appesantissaient. J'avais la tête pleine de pensées qui se chevauchaient à folle allure. Vous savez ce que c'est que de vivre un cauchemar dans lequel vous sentez qu'il y a une certaine chose capitale que vous recherchez et dont vous savez qu'elle est là tout en se maintenant hors de votre portée. Voilà ce que j'éprouvai ce soir-là à cet endroit marqué par la mort. Finalement, je fis demi-tour et repris lentement le chemin de ma maison.

Je venais d'arriver au faîte du sentier quand, dans un éclair, je me rappelai cette chose capitale que j'avais tant cherchée. Vous savez certainement (ou alors, Watson a perdu son temps) que je possède une ample réserve de connaissances hors du commun, sans système scientifique, mais très utiles pour les nécessités de mon travail. Mon esprit ressemble à une chambre de débarras bourrée de paquets de toutes sortes et bien rangés ; il y en a tellement que je peux très bien ne pas toujours me rappeler leur détail. Or je venais d'acquérir la certitude que quelque chose dans ma tête pouvait se rapporter à l'affaire. C'était encore vague, mais du moins j'allais être capable de préciser. Et aussi c'était monstrueux, incroyable ; pourtant, j'entrevoyais une hypothèse ; je la vérifierais jusqu'au bout !

Dans ma maison, une petite mansarde est pleine de livres. J'y grimpai et fourrageai pendant une heure. Mais j'en sortis avec un petit volume à couverture chocolat et argent. Avidement, je relus le chapitre dont j'avais gardé le souvenir confus. Certes, l'hypothèse était bien osée, invraisemblable ; toutefois, je n'aurais point de repos avant de m'être assuré de sa fausseté. Il était tard quand je me mis au lit. Je ne pouvais pas m'empêcher de penser à la tâche qui m'attendait le lendemain.

Mais cette tâche se heurta à un obstacle ennuyeux. Je venais d'avaler ma première tasse de thé et j'allais partir pour la plage quand je reçus la visite de l'inspecteur Bardle, de la police du Sussex. C'était un homme calme, massif, bovin, avec des yeux pensifs ; il me regarda d'un air très perplexe.

— Je connais, Monsieur, votre immense expérience, me dit-il en préambule. Cette visite ne présente bien entendu aucun caractère officiel et personne n'a besoin de la connaître. Mais je n'ai pas de chance avec cette affaire McPherson ! La question est de savoir si je procède à l'arrestation, ou non.

— L'arrestation de M. Ian Murdoch ?

— Oui, monsieur. Il n'y a vraiment personne d'autre, tout bien réfléchi. Voilà l'avantage d'un endroit isolé. Nous resserrons, resserrons, jusqu'à ce que l'angle soit très petit. S'il ne l'a pas fait, alors qui ?

— Qu'avez-vous contre lui ?

Il avait glané dans les mêmes sillons que moi. Il avait été frappé par le caractère de Murdoch et le mystère qui semblait planer autour de cet homme. Par ses violents accès de colère, comme en avait témoigné l'épisode du chien. Par le fait qu'il s'était disputé avec McPherson dans le passé, et que tout semblait indiquer qu'il avait eu des raisons de lui en vouloir à propos de Mlle Bellamy. Il possédait tous ces détails, comme moi, mais rien de plus, sinon que Murdoch paraissait se préparer à partir.

– Quelle serait ma position si je le laissais filer avec un pareil dossier contre lui ? me demanda fort ému le policier.

– Vous avez des trous considérables dans votre dossier contre Murdoch, lui dis-je. Le matin du crime, il peut se prévaloir d'un alibi irréfutable : il était avec les étudiants jusqu'à la dernière minute, et c'est peu après l'apparition de McPherson qu'il est arrivé derrière nous. D'autre part, réfléchissez à l'impossibilité absolue où il se serait trouvé de blesser tout seul et mortellement un homme au moins aussi fort que lui. Enfin, il y a cette question de l'instrument qui a provoqué ces blessures.

– Un fouet flexible ou quelque chose comme ça ?

– Avez-vous examiné les marques ?

– Je les ai vues. Le médecin aussi.

– Mais moi je les ai examinées soigneusement avec une loupe. Elles présentaient des particularités.

– Lesquelles, monsieur Holmes ?

Je le fis entrer dans mon bureau et je lui montrai une photographie agrandie.

– Dans des cas pareils, voilà comment je travaille ! dis-je.

– À coup sûr, vous travaillez sérieusement, Monsieur Holmes !

– Si je ne travaillais pas ainsi, je ne serais pas tout à fait ce que je suis. Maintenant, considérons cette vergeture qui s'étend autour de l'épaule droite. N'observez-vous rien de spécial ?

– Je ne saurais dire que je vois quelque chose.

– Voyons, il est évident qu'elle est d'une intensité inégale. Il y a ici un point de sang qui s'est épanché, et un autre là. Sur une deuxième trace, celle-là, nous pouvons relever des indications similaires. Que signifient-elles ?

– Je n'en ai aucune idée. Et vous ?

– Peut-être que oui, peut-être que non. Je pourrai sans doute vous en dire davantage bientôt. Tout ce qui pourra révéler l'objet qui a fait cette marque nous mènera tout droit au criminel.

– J'ai une idée, absurde bien sûr ! murmura le policier. Mais si un réseau de barbelés rougis avait été posé sur son dos, alors ces points mieux marqués pourraient représenter les endroits où les fils s'entrecroisent.

– Votre comparaison est très ingénieuse. Ou encore pourrait-on penser à un chat à neuf queues très raides et munies de petits nœuds ?

– Ma foi, Monsieur Holmes, je crois que vous avez mis le doigt dessus !

– À moins qu'il ne s'agisse d'une tout autre cause, Bardle. Mais votre dossier n'est pas encore assez pour que vous procédiez à une arrestation. En outre, nous avons les derniers mots de la victime : « La crinière du lion. »

– Je me suis demandé si Ian...

– Oui. J'y ai aussi réfléchi. Mais ce n'est pas Ian que j'ai entendu : c'est lion ; j'en suis sûr ; il l'a crié !

– Vous n'avez pas d'autre hypothèse, Monsieur Holmes ?

– Peut-être. Mais je ne voudrais pas en discuter avant de disposer d'une base plus solide.

– Et quand l'aurez-vous ?

– D'ici une heure. Peut-être avant.

L'inspecteur se gratta le menton et me regarda avec scepticisme.

– Je voudrais bien lire ce que vous avez dans la tête, Monsieur Holmes ! Peut-être ces barques de pêche ?

– Non, elles étaient trop loin.

– Alors, ce serait ce Bellamy et son gros garçon ? Ils n'étaient pas au mieux avec M. McPherson. Ne lui auraient-ils pas joué un méchant tour ?

– Non. Vous ne tirerez rien de moi avant que je sois prêt, dis-je en souriant. Maintenant, inspecteur, nous avons l'un et l'autre notre travail à faire. Si vous voulez, nous pourrions nous revoir ici à midi ?

Nous allions nous séparer quand se produisit la formidable interruption qui marqua le commencement de la fin.

La porte de ma maison s'ouvrit toute grande ; des pas maladroits résonnèrent dans le couloir, et Ian Murdoch entra en titubant dans mon bureau, livide, échevelé, ses vêtements en désordre, agrippant les meubles au passage pour ne pas tomber.

– Du cognac ! gémit-il avant de s'effondrer sur le canapé.

Il n'arrivait pas seul. Derrière lui, j'aperçus Stackhurst haletant, nu-tête, presque aussi hagard que son subordonné donné.

– Oui, du cognac ! s'écria-t-il. Cet homme en est à son dernier souffle. L'amener ici est tout ce que j'ai pu faire Deux fois en chemin il s'est évanoui.

La moitié d'un gobelet d'alcool opéra une étonnante transformation. Murdoch se redressa sur un bras et rejeta sa veste.

— Pour l'amour de Dieu ! cria-t-il. De l'huile, de l'opium, de la morphine ! N'importe quoi pour calmer cette douleur infernale !

L'inspecteur et moi poussâmes le même cri. Là, entre-croisé sur l'épaule nue de l'homme, se dessinait le même réseau de lignes rouges enflammées qui avait scellé le destin de Fitzroy McPherson.

La douleur était évidemment terrible, et elle débordait des plaies, car la respiration du blessé s'arrêtait par moments, son visage devenait noir, et il portait la main à son cœur tandis que son front ruisselait de sueur. À tout instant il pouvait mourir. Nous lui redonnâmes du cognac ; chaque nouvelle dose le ramenait à la vie. Des tampons d'ouate imbibés d'huile à salade semblèrent chasser la douleur de ces mystérieuses blessures. Enfin, sa tête retomba lourdement sur les coussins. Épuisée, sa nature avait cherché refuge dans la suprême réserve de vitalité. C'était un demi-sommeil et un demi-évanouissement, mais au moins il était soulagé de ses souffrances.

L'interroger aurait été impossible ; dès que nous fûmes rassurés sur son état, Stackhurst se tourna vers moi.

– Mon Dieu ! s'exclama-t-il. Que veut dire cela, Holmes ?

– Où l'avez-vous trouvé ?

– En bas sur la plage. Exactement à l'endroit où le pauvre McPherson a trouvé la mort. Si le cœur de Murdoch avait été aussi affaibli que celui de McPherson, il ne serait pas ici à présent. Plus d'une fois, pendant que je le transportais, j'ai cru qu'il était mort. Les Pignons étaient trop loin. J'ai pensé à votre maison.

– L'avez-vous vu sur la plage ?

– Je me promenais le long de la falaise quand je l'ai entendu crier. Il était au bord de l'eau, il chancelait comme un homme ivre. J'ai couru en bas, jeté quelques vêtements sur lui et je vous l'ai conduit ici. Pour l'amour du Ciel, Holmes, utilisez tous vos talents, n'épargnez aucune peine pour que cette malédiction s'éloigne, car on ne peut plus vivre ! Ne pouvez-vous, avec toute votre réputation mondiale, rien faire pour nous ?

– Je crois que je le peux, Stackhurst. Venez avec moi ! Et vous, inspecteur, accompagnez-nous ! Nous allons voir si nous ne pouvons pas vous livrer ce criminel.

Laissant Murdoch inconscient aux bons soins de ma femme de charge, nous descendîmes tous les trois vers la lagune de mort. Sur les galets s'élevait encore le petit tas de vêtements et de serviettes qui appartenaient à la deuxième victime. Lentement, je fis le tour du bord de l'eau ; mes compagnons me suivaient en file indienne. L'eau était en général peu profonde, mais sous la falaise où la baie formait un creux, elle avait néanmoins entre un mètre vingt et un mètre cinquante de profondeur. C'était de ce côté que se dirigeaient naturellement les amateurs de natation, car l'eau y était verte et transparente comme du cristal. Une ligne de rochers la surplombait le long de la base de la falaise ; je la suivis en scrutant les profondeurs. J'avais atteint l'endroit le plus profond quand mes yeux aperçurent ce que je cherchais, et je poussai un cri de triomphe.

– Une cyanée ! m'écriai-je. Une cyanée ! Regardez la crinière du lion !

L'objet étrange que je désignais ressemblait en effet à une boule de poils emmêlés qui auraient été arrachés à la crinière d'un lion. Il reposait sur un fond rocheux à mètre sous l'eau. C'était une méduse qui oscillait, qui respirait ; une créature chevelue avec des fils d'argent parmi ses tresses jaunes. Elle vibrait d'une dilatation lente lourde, suivie d'une contraction analogue.

– Elle a fait assez de mal ! Ses minutes sont comptées ! criai-je. Aidez-moi, Stackhurst ! Mettons pour toujours le criminel hors d'état de nuire !

Juste au-dessus du bord de l'eau, il y avait un gros rocher ; nous le basculâmes dans la lagune. Quand les rides eurent disparu, nous constatâmes qu'il reposait sur le fond rocheux où j'avais vu la cyanée. Un bout de membrane jaune qui dépassait attestait que notre criminel se trouvait dessous. Une écume épaisse, huileuse, suinta de dessous le rocher et souilla l'eau en remontant lentement à la surface.

— Ça alors, ça me dépasse ! s'exclama l'inspecteur. Qu'était-ce, Monsieur Holmes ? Je suis né et j'ai toujours vécu par ici, mais je n'ai jamais rien vu de tel. Ce n'est pas un produit du Sussex !

— Tant mieux pour le Sussex ! répondis-je. C'est probablement la tempête du sud-ouest qui l'a apportée. Rentrons chez moi, et je vous ferai connaître la terrible expérience d'un homme qui a une bonne raison de se rappeler sa première rencontre avec ce même fléau des mers.

Quand nous arrivâmes dans mon bureau, nous découvrîmes que Murdoch allait mieux : il s'était redressé sur son séant ; mais il était complètement étourdi, et de temps à autre secoué par une souffrance violente. En quelques mots, il nous dit qu'il n'avait aucune idée de ce qui lui était advenu ; il avait simplement ressenti le contact de ces terribles crocs qui l'avaient transpercé, et il lui avait fallu toute son énergie pour remonter sur la plage.

– Voici un livre, intervins-je en prenant le petit volume que j'avais déniché la veille au soir, qui m'a apporté les premières lueurs sur ce qui aurait pu demeurer à jamais ténèbres. Out of Doors a été écrit par le célèbre observateur J.G Wood. Wood lui-même a failli périr au cours d'une rencontre avec cette abominable créature ; aussi en parle-t-il en connaissance de cause. Cyanea capillata est le vrai nom du criminel, qui peut s'avérer aussi dangereux pour la vie, et beaucoup plus douloureux, qu'un cobra. Je vais vous en lire rapidement un extrait : « Si le baigneur aperçoit une masse ronde et lâche de membranes tirant sur le roux, quelque chose qui ressemblerait à de grosses boules de poils arrachés à la crinière d'un lion et à du papier d'argent, qu'il prenne garde ! Car elle est dotée d'une terrible puissance de cinglement... »

» Wood raconte alors sa propre rencontre avec la Cyanea capillata alors qu'il nageait au large de la côte du Kent. Il s'aperçut que cette méduse développait des filaments presque invisibles jusqu'à une distance de dix-huit mètres, et que toute personne se trouvant à l'intérieur de cette circonférence se trouvait en danger de mort. Même à cette distance l'effet produit sur Wood manqua de peu de lui être fatal : « Les innombrables fils provoquèrent sur ma peau des lignes roses qui, au cours d'un examen sérieux, se révélèrent comme de minuscules pustules, chaque point semblant être affecté d'une aiguille qui aurait cheminé à travers les nerfs... »

» Wood explique que la douleur locale est la moins pénible de cette torture extraordinaire : « Les douleurs me traversaient la poitrine ; je tombai comme si j'avais eu le corps transpercé par des balles. Le pouls s'arrêtait, puis le cœur redonnait six ou sept battements, sautait comme s'il voulait s'expulser de ma poitrine. »

» Cette méduse faillit tuer Wood, alors qu'il avait été attaqué dans un océan agité et non dans les eaux calmes et resserrées d'une piscine. Il ajoute qu'il eut du mal à se reconnaître ensuite, tant son visage était devenu blanc, ridé, ratatiné. Il avala une bouteille entière de cognac, qui semble lui avoir sauvé la vie. Je vous confie ce livre, inspecteur. Vous ne pourrez pas douter qu'il contienne une explication satisfaisante de la mort du pauvre McPherson

— Et qu'il m'innocente ! ajouta Murdoch avec un pauvre sourire. Je ne vous blâme pas, inspecteur. Et je ne vous blâme pas non plus, Monsieur Holmes, car vos soupçons étaient parfaitement normaux. Je sens qu'à la veille d'être arrêté, je ne me suis innocenté que parce que j'ai partagé le destin de mon pauvre ami.

— Non, monsieur Murdoch. J'étais déjà sur la piste, et si je m'étais trouvé sur la plage aussitôt que j'en avais eu l'intention, j'aurais pu vous épargner cette terrible aventure.

— Mais comment saviez-vous, Monsieur Holmes ?

— Je suis, sur le plan lectures, un omnivore qui retient d'étranges détails avec une mémoire tenace. Ces mots de McPherson, « une crinière de lion », m'obsédèrent. Je savais que je les avais lus quelque part dans un contexte peu banal. Vous avez vu que c'est la véritable description de cette méduse. Sans aucun doute, elle flottait sur l'eau quand McPherson la vit, et ses dernières paroles constituèrent un suprême avertissement contre ce qui avait causé sa mort.

— Du moins me voilà réhabilité ! déclara Murdoch en se remettant lentement debout. Je voudrais néanmoins vous dire deux mots d'explication. Il est vrai que j'ai aimé cette jeune fille, mais du jour où elle a choisi mon ami McPherson, je n'ai eu qu'un désir : aider à son bonheur. Je me suis contenté de vivre auprès d'eux et de leur servir de confident. J'ai souvent été le facteur de leurs messages. Je l'ai fait parce que je connaissais leur secret et qu'elle m'était si chère que je me suis hâté de lui apprendre la mort de son fiancé, de peur que quelqu'un ne me devance et ne la lui apprenne brusquement et brutalement. Elle n'a pas voulu vous parler de notre amitié, Monsieur, car elle craignait que vous ne doutiez de ma sincérité et que j'en pusse souffrir... Avec votre autorisation, je vais regagner Les Pignons : mon lit sera le bienvenu.

Stackhurst leva la main.

— Nos nerfs ont été soumis à un concert d'exaspération, lui dit-il. Pardonnez-moi le passé, Murdoch. Nous nous comprendrons mieux dans l'avenir.

Ils sortirent bras dessus bras dessous, amis pour toujours. Je restai seul avec l'inspecteur, qui me contemplait en silence avec ses yeux bovins.

— Hé bien ! vous l'avez eu ! s'exclama-t-il enfin. J'avais lu beaucoup de choses sur vous. Mais je ne les avais jamais crues. C'est merveilleux !

Je fus contraint de hocher la tête. Accepter sans sourciller un pareil compliment aurait été s'abaisser.

— J'ai été lent au début. Je me le reproche grandement. Si le corps avait été découvert dans l'eau, j'y aurais songé probablement tout de suite. C'est la serviette qui m'a trompé. Le pauvre diable n'avait évidemment aucune envie de se sécher. Mais moi, en retour, j'ai été amené à croire qu'il n'avait jamais plongé dans l'eau. Alors, dans ces conditions, pourquoi l'idée d'une attaque délibérée par un monstre marin me serait-elle venue à l'esprit ? Si bien que j'ai progressé de travers. Hé bien ! inspecteur, il m'est souvent arrivé de vous blaguer, vous seigneurs de la police ! Mais la Cyanea capillata a presque vengé Scotland Yard.

Toutes les aventures de Sherlock Holmes

Liste des quatre romans et cinquante-six nouvelles qui constituent les aventures de Sherlock Holmes, publiées par Sir Arthur Conan Doyle entre 1887 et 1927.

Romans

* Une Étude en Rouge (novembre 1887)
* Le Signe des Quatre (février 1890)
* Le Chien des Baskerville (août 1901 à mai 1902)
* La Vallée de la Peur (sept 1914 à mai 1915)

Les Aventures de Sherlock Holmes

* Un Scandale en Bohême (juillet 1891)
* La Ligue des Rouquins (août 1891)
* Une Affaire d'Identité (septembre 1891)
* Le mystère de la vallée de Boscombe (octobre 1891)
* Les Cinq Pépins d'Orange (novembre 1891)
* L'Homme à la Lèvre Tordue (décembre 1891)
* L'Escarboucle Bleue (janvier 1892)
* Le Ruban Moucheté (février 1892)
* Le Pouce de l'Ingénieur (mars 1892)
* Un Aristocrate Célibataire (avril 1892)
* Le Diadème de Beryls (mai 1892)
* Les Hêtres Rouges (juin 1892)

Les Mémoires de Sherlock Holmes

* Flamme d'Argent (décembre 1892)
* La Boite en Carton (janvier 1893)
* La Figure Jaune (février 1893)
* L'Employé de l'Agent de Change (mars 1893)
* Le Gloria-Scott (avril 1893)
* Le Rituel des Musgrave (mai 1893)
* Les Propriétaires de Reigate (juin 1893)

* Le Tordu (juillet 1893)
* Le Pensionnaire en Traitement (août 1893)
* L'Interprète Grec (septembre 1893)
* Le Traité Naval (octobre / novembre 1893)
* Le Dernier Problème (décembre 1893)

Le Retour de Sherlock Holmes

* La Maison Vide (26 septembre 1903)
* L'Entrepreneur de Norwood (31 octobre 1903)
* Les Hommes Dansants (décembre 1903)
* La Cycliste Solitaire (26 décembre 1903)
* L'École du prieuré (30 janvier 1904)
* Peter le Noir (27 février 1904)
* Charles Auguste Milverton (26 mars 1904)
* Les Six Napoléons (30 avril 1904)
* Les Trois Étudiants (juin 1904)
* Le Pince-Nez en Or (juillet 1904)
* Un Trois-Quarts a été perdu (août 1904)
* Le Manoir de L'Abbaye (septembre 1904)
* La Deuxième Tâche (décembre 1904)

Son Dernier Coup d'Archet

* L'aventure de Wisteria Lodge (15 août 1908)
* Les Plans du Bruce-Partington (décembre 1908)
* Le Pied du Diable (décembre 1910)
* Le Cercle Rouge (mars/avril 1911)
* La Disparition de Lady Frances Carfax (décembre 1911)
* Le détective agonisant (22 novembre 1913)
* Son Dernier Coup d'Archet (septembre 1917)

Les Archives de Sherlock Holmes

* La Pierre de Mazarin (octobre 1921)
* Le Problème du Pont de Thor (février et mars 1922)
* L'Homme qui Grimpait (mars 1923)

* Le Vampire du Sussex (janvier 1924)
* Les Trois Garrideb (25 octobre 1924)
* L'Illustre Client (8 novembre 1924)
* Les Trois-Pignons (18 septembre 1926)
* Le Soldat Blanchi (16 octobre 1926)
* La Crinière du Lion (27 novembre 1926)
* Le Marchand de Couleurs Retiré des Affaires (18 décembre. 1926)
* La Pensionnaire Voilée (22 janvier 1927)
* L'Aventure de Shoscombe Old Place (5 mars 1927)